roman rouge

Dominique et Compagnie

Sous la direction de
Agnès Huguet

Nicole Testa

Série Royaume de Pomodoro
Le souffleur
de rires

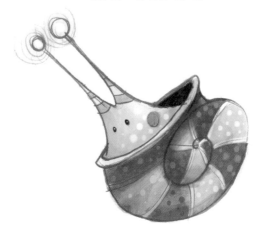

Illustrations
Fil et Julie

Fiches pédagogiques des romans rouges

dominiqueetcompagnie.com/pedagogie

– des guides d'exploitation pédagogique pour l'enseignant(e)
– des fiches d'activités pour les élèves

Catalogage avant publication de
Bibliothèque et Archives nationales
du Québec et Bibliothèque et
Archives Canada

Testa, Nicole
Le souffleur de rires
(Série Royaume de Pomodoro)
Pour enfants.

ISBN 978-2-89686-800-1

I. Fil, 1974- . II. Julie, 1975- .
III. Titre. IV. Collection : Testa, Nicole.
Série Royaume de Pomodoro.

PS8589.E843S68 2014 jC843'.54 C2013-942176-9
PS9589.E843S68 2014

© Les éditions Héritage inc. 2014
Tous droits réservés
Dépôts légaux : 1er trimestre 2014
Bibliothèque et Archives nationales
du Québec
Bibliothèque nationale du Canada

ISBN 978-2-89686-800-1
Imprimé au Canada

Directrice littéraire : Agnès Huguet
Conception graphique :
Primeau Barey
Révision et correction :
Béatrice M. Richet

Dominique et compagnie
1101, avenue Victoria
Saint-Lambert (Québec)
J4R 1P8 Canada
Téléphone : 514 875-0327
Télécopieur : 450 672-5448
Courriel :
dominiqueetcie@editionsheritage.com
Site Internet :
dominiqueetcompagnie.com

Nous reconnaissons l'aide financière
du gouvernement du Canada par
l'entremise du Fonds du livre du Canada
et du Conseil des Arts du Canada.

Nous reconnaissons l'aide financière
du gouvernement du Québec par
l'entremise du Programme de crédit
d'impôt – SODEC – Programme d'aide
à l'édition de livres.

À Victor et Antonecci…
À Mado, pour les bourlicocos.
À Mathilde, Loucas, Noé,
Benoit, Sandra, Gisèle et Yoland
pour leurs petits grains de sel.
À tous les enfants de la Gaspésie.

Chapitre 1

Le souffleur de rires

Il existe, quelque part, un petit royaume comme tu n'en as jamais vu, le royaume de Pomodoro. Il est si bien caché que les voyageurs qui veulent s'y rendre passent tout près sans le voir. Pour le repérer, il suffit de suivre l'odeur de tomate. Un parfum de bonheur provenant d'une forêt d'arbres à tomates qui entoure le royaume.

Le roi Tortellini est en amour avec ses tomates. Il raconte qu'elles possèdent le secret du rire. Plus on en mange, plus on devient rigolo. Le roi adore faire des farces. Dès qu'il se réveille, il mange un grand bol de sauce aux tomates. Ça lui donne des idées farfelues !

Un matin, Tortellini sort du château avec une tomate sur le nez, un chapeau sautillant et un pantalon ronflonflon. Un autre jour, il souffle dans une flûte à confettis et fait clignoter ses orteils. Le roi sait aussi

marcher sur les mains et jongler avec ses pieds. Mais le plus spectaculaire, ce sont les bulles de rires qu'il souffle avec sa bouche. Après chaque prestation, on entend un concert d'applaudissements :

– Bello ! Bello ! Bellissimo ! ! !

Les Pomodorois, qui disent joliment les choses, l'appellent « le souffleur de rires ». Le roi, affamé d'idées farfelues, réclame toujours plus de

9

sauce aux tomates à son menu. Il lui en faut au déjeuner, au dîner, au souper. Sur les tartines, sur les gâteaux et même dans les pains du boulanger. Tant et si bien qu'un matin, il se réveille le corps couvert de boutons rouge tomate.

–Oh ! Un roi à pois ! s'exclame le tout-petit en le voyant.

Les Pomodorois applaudissent à tout rompre.

– Bello! Bello! Bellissimo!!!

– Vous êtes vraiment rigolo avec tous ces machins coquins, lance le boulanger.

– C'est vraiment très réussi, s'esclaffe Sorprésa.

– Arrêtez de vous moquer de moi, pleurniche Tortellini.

Les Pomodorois cessent de rire.

– Que vous arrive-t-il? s'inquiète la reine.

–Ce n'est pas drôle! s'emporte le roi.

–Comment? Ce n'est pas votre blague de la journée? poursuit Dame Pizzelle.

–NON! J'ai beau frotter, les rougeurs restent collées à ma peau.

–Soufflez des bulles de rire dessus, ça les fera partir, suggère le tout-petit.

–J'ai essayé, répond le roi, désespéré. Mais je n'y arrive plus. C'est affreux!

–Vous êtes malade, déclare la reine. Allons consulter l'arbre à pourpettes!

Chapitre 2

Une tomate dans la tête

Tous les Pomodorois se retrouvent sous l'arbre magique. Dame Pizzelle sourit à son vieil ami. Elle fait virevolter ses mains, puis lui explique le problème du roi Tortellini. Elle colle son oreille sur l'écorce pour entendre la réponse de l'arbre.

– Ah ! Vraiment ? Mais c'est terrible ! soupire la reine.

– Qu'est-ce qui est terrible ? demande le roi.

– L'arbre dit que vous avez mangé trop de tomates.

– Et alors ?

– C'est ce qui cause vos boutons ! Vous devez arrêter d'en manger.

– JAMAIS ! La vie sans tomates serait d'une telle tristesse !

– Seule la grande mer pourrait vous soigner, ajoute la reine.

– La grand-mère de qui ? s'étonne Tortellini.

– La grand-maman de personne, la mer... un immense lit rempli d'eau.

– Un lit d'eau? Que voulez-vous que je fasse avec un lit d'eau?

– Vous y reposer, répond la reine.

– Qu'est-ce que vous racontez? Je n'ai pas besoin de repos. Je veux juste manger des tomates. Laissez-moi seul. Je vais trouver une autre solution.

Le roi passe plusieurs nuits sur son trône à penser. Tout ce qui lui vient, c'est une purée d'idées qui embrouillent son imagination. Dans le royaume, il n'y a plus ni rires, ni applaudissements. Les jours passent et Tortellini devient de plus en plus étrange. Il voit des tomates partout. Jusqu'aux joues du boulanger qu'il veut croquer.

– Laissez-moi goûter à vos tomates. Elles ont l'air si appétissantes !

– ARRÊTEZ ! Votre imagination vous joue des tours ! Mes joues ne sont ppp… pas des tomates, pourpette le boulanger. C'est vous qui avez une tomate dans la tête !

– Hum… je ne me sens pas très bien en effet, avoue le roi.

– Vous voyez bien que vous avez besoin de soins. Nous devons vous emmener à la mer.

– Vous connaissez le chemin ? demande Tortellini.

–Euh… je pense que oui. Nous passerons par la forêt des arbres géants. Puis, nous franchirons les monts Bleus. Et nous descendrons de l'autre côté de la montagne.

–Nous ne sommes jamais allés aussi loin, s'inquiète le roi.

–Je sais, nous partirons tôt demain, conclut le boulanger. Je vais prévenir la reine.

Tous les Pomodorois préparent leurs effets pour le plus long des voyages. Tortellini emporte avec lui un panier rempli d'une douzaine de tomates.

« Si la mer guérit les machins coquins, je pourrai en manger à nouveau », espère-t-il.

Chapitre 3

Le veilleur de lanterne

Après plusieurs jours de marche, les Pomodorois et les chiens à la queue ébouriffée arrivent enfin de l'autre côté de la montagne. Les voici devant la plus inimaginable des surprises : la mer. Épuisés, ils se laissent tomber sur le sable chaud.

– Comme elle est grande ! s'exclame Sorprésa.

– On voit loin, murmure le tout-petit, admirant les troupeaux de nuages.

– L'eau est si bleue, s'extasie le boulanger.

– Bello ! Bello ! Bellissimo ! ! ! lancent-ils en chœur.

Seul le roi ne s'émerveille pas.

– Là ! Regardez ! s'écrie le tout-petit en pointant une drôle de tour.

– C'est un phare, explique Dame Pizzelle. Allons-y !

En approchant, les Pomodorois aperçoivent un homme endormi dans un hamac.

—Monsieur, fait le tout-petit doucement.

—Monsieur ! Youhou ! Monsieur ! insiste Sorprésa.

Le dormeur ne bouge toujours pas. Alors, le boulanger secoue le hamac.

—Holà ! Que se passe-t-il ? grommelle l'homme en apercevant les Pomodorois qui le dévisagent.

–Vous semblez très fatigué. Pardon de vous avoir réveillé, dit la reine.

Le vieil homme sort péniblement de son hamac. Il déclare :

–Je suis fatigué, parce que je ne dors pas la nuit.

–Vous êtes malade ? demande le roi.

–Non. Je veille sur ma lanterne.

–Quelle drôle d'idée ! réplique Tortellini.

– Pas tout à fait. La lanterne que vous voyez sur le dessus de mon phare sert à guider les bateaux la nuit. Je veille à ce qu'elle ne s'éteigne jamais. Je suis Gaspérino, le veilleur de lanterne.

– Nous sommes les habitants du royaume de Pomodoro, explique Dame Pizzelle à son tour. Notre roi est malade.

– Il n'a plus d'idées farfelues, précise Sorprésa.

– Impossible de souffler des bulles de rires depuis que je ne mange plus de tomates, se désole Tortellini.

Gaspérino fronce les sourcils. Il répète :

– Des idées farfelues… des bulles de rire… Qu'est-ce que les tomates ont à voir avec tout ça ?

– Le secret du rire est dans les tomates, l'informe le roi. Plus j'en mange, plus j'ai des idées rigolotes.

– Pourquoi avez-vous cessé d'en manger ?

–À cause de tous ces machins coquins qui sont apparus sur mon corps.

Gaspérino pose son regard sur les boutons rouge tomate de Tortellini. D'un air connaisseur, il annonce :

–La grande mer peut vous soigner, mais il faudra être très patient.

–Vous voyez, s'exclame Dame Pizzelle, toute contente. Je vous l'avais dit.

—En attendant, vous pourrez vous installer chez moi, conclut Gaspérino.

Chapitre 4

Les surprises de la mer

Gaspérino invite les Pomodorois et les chiens à la queue ébouriffée à prendre place sur un bois de mer.

– La mer est un coffre à surprises, raconte le veilleur de lanterne. Elle abrite des bulles géantes, des algues frisées, des coquilles musicales, des bourlicocos…

– Des bourlicocos ? répète Sorprésa, amusée.

– Oui. Ce sont des petites bêtes précieuses. Les bourlicocos indiquent le chemin aux marins perdus en mer.

Gaspérino sort de sa poche un minuscule coquillage en forme de spirale et récite une formule :

Bourlicoco, sors de ta coquille
Bourlicoquille, sors de ton coco.

Aussitôt, deux petites antennes s'étirent et pointent vers le phare, sous les yeux ébahis des Pomodorois.

– Si la mer nous fait des cadeaux, elle aime en recevoir en retour, précise le veilleur de lanterne. Il suffit de déposer un objet sur la plage et elle viendra le cueillir.

–Y a-t-il des tomates dans la mer ? demande Tortellini.

– Hum…, fait Gaspérino. Possible. Il y a bien des concombres de mer. Mais elle recèle aussi des trésors qu'elle ne partage pas toujours. Comme ses étoiles.

Pour la première fois depuis son arrivée, le roi perd son expression étrange. Son regard s'éclaire. Il s'exclame :

–Il y a des étoiles dans la mer ?

– Oui ! J'ai eu la chance d'en voir une, répond le veilleur de lanterne.

– Et comment avez-vous fait pour la trouver ? questionne Tortellini.

– J'étais parti à la pêche. Elle s'est accrochée à mon filet qui flottait à la surface de l'eau. Les étoiles de mer aiment se faire bercer.

Le soleil descend lentement à l'horizon. Plus il s'approche de la mer, plus il rougit.

– C'est la tomate la plus grosse que j'ai jamais vue ! se réjouit le roi.

– Bello ! Bello ! Bellissimo ! ! ! crient les Pomodorois.

– Il est temps d'aller dormir, dit Gaspérino en souriant.

Une fois ses invités installés, il monte au sommet du phare pour allumer sa lanterne. De là-haut, il voit que le roi est retourné sur la plage et qu'il contemple l'eau.

Tortellini ne pense plus qu'à une chose. Il veut trouver des étoiles de mer. Il est convaincu qu'elles renferment les idées dont il a besoin pour faire rire ses sujets.

Chapitre 5

Du rire dans la tête

Le lendemain, tous les Pomodorois se lèvent tôt pour découvrir les surprises de la mer. Sorprésa ramasse des galets en forme de cœur. Dame Pizzelle écoute la musique des coquillages. Le tout-petit cueille les nuages de mousse laissés par les vagues. Le boulanger sculpte des petits pains de sable. Pendant ce temps, le roi, à l'écart, dépose une tomate sur la plage. Intriguée, Sorprésa le rejoint.

—Que faites-vous?

—Euh… j'offre une tomate à la mer.

—Vous croyez que la mer aime les tomates?

—Je n'en sais rien. Mais c'est ce que j'ai de plus précieux. En retour, je recevrai peut-être des étoiles.

Tortellini poursuit son petit manège tous les matins. Au bout de six jours, toujours pas d'étoiles. Mais la mer a pris la moitié de ses tomates.

—Ce n'est pas juste ! se plaint-il à Gaspérino. Je fais cadeau de mes tomates à la mer et elle ne m'apporte aucune étoile.

—La mer n'offre que des surprises, lui rappelle le veilleur de lanterne.

Le septième jour, le roi s'installe sur un bois de mer. Les boutons sur son corps ont disparu. Mais son humeur est maussade. « Si la mer ne veut pas me donner d'étoiles, pense-t-il, j'irai les lui prendre. »

Le lendemain, alors que le soleil vient à peine de se lever, Gaspérino est alerté par des cris de panique.

Vite ! Il descend l'escalier en colimaçon et rejoint les Pomodorois regroupés sur la plage.

—Le roi a disppp… paru ! ! ! hurle le boulanger.

—Il est parti en mer, déclare Gaspérino.

—Comment le savez-vous ? interroge Sorprésa.

—Ma barque n'est plus là, ni mon filet de pêche.

—Ni son panier de tomates, ajoute le tout-petit.

Les Pomodorois sont sous le choc.

—Tortellini ne connaît rien à la mer, s'inquiète Dame Pizzelle.

• • •

Pourtant, Tortellini vogue sans soucis. Il a jeté le filet à l'eau. Bercé par les vagues, il s'endort. À son réveil, pas la moindre étoile ne s'est accrochée à son filet. Seulement quelques bourlicocos. Le roi est très déçu. Et surtout, il réalise qu'il est perdu ! Le vent s'intensifie.

Une vague géante manque de ren-
verser sa barque. Trempé jusqu'aux
os, Tortellini crie :

– Toi la mer, tu m'en veux ! ! !

« Comment faire pour ne pas
chavirer ? » s'affole-t-il. Soudain,
une idée farfelue jaillit dans sa
tête. En guise de bouée, il fixe ses
six dernières tomates tout autour
de la barque.

« Comment puis-je avoir des idées
sans manger une seule tomate ? »
se demande-t-il, perplexe.

Il n'a pas le temps de réfléchir davantage qu'un coup de vent violent emporte sa couronne.

– Oh ! ! ! hurle le roi à la mer. Tu prends tout ce que j'ai et tu ne me donnes rien en retour. Tu es une voleuse !

Tortellini est désespéré. Mais une nouvelle idée lui vient.

– Il me faut un bourlicoco, murmure-t-il en hissant le filet de pêche hors de l'eau.

Il décroche délicatement une petite bête des mailles et récite la formule :

Bourlicoco, sors de ta coquille
Bourlicoquille, sors de ton coco.

Deux petites antennes s'étirent, montrant la direction à prendre. Le roi attrape la rame et pagaie de toutes ses forces. Entretemps, tous les Pomodorois se sont rassemblés au sommet du phare, guettant l'horizon. Le tout-petit souffle dans son

tipétilli de toutes ses forces espérant que le roi l'entende. Comme par magie, ils aperçoivent au loin une embarcation avec d'étranges bouées.

—C'est mon bateau ! s'écrie Gaspérino.

Le veilleur de lanterne se précipite sur la plage, suivi de tous les Pomodorois. Ils s'élancent dans l'eau. En approchant du bateau, tous sont soulagés de voir le roi

couché au fond. Tortellini dort, un sourire aux lèvres. Dans sa main, il serre un bourlicoco. Dame Pizzelle le réveille.

—Je suis de retour? demande-t-il en ouvrant un œil. Je me suis endormi sur le lit d'eau après avoir traversé une tempête. Je n'ai pas vu d'étoiles de mer.

—Vous n'êtes pas triste? constate le tout-petit.

—Non. J'ai compris que le secret du rire n'est ni dans les tomates, ni dans les étoiles. Il est dans ma tête !

La veille de leur départ, tous les Pomodorois se retrouvent sur le rivage une dernière fois. Une surprise les attend. La mer a déposé sur le sable la couronne du roi ornée d'une étoile. Le roi Tortellini est ému.

—Ce sera votre bonne étoile, dit Gaspérino.

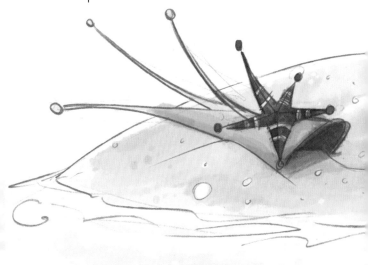

Les Pomodorois sont de retour dans leur royaume. Le roi a recommencé à manger de la sauce aux tomates pour le plaisir. Il fait toujours rigoler ses sujets en inventant des farces, et surtout en soufflant des bulles de rire. Mais le soir, il reste des heures assis sur une branche de l'arbre à pourpettes. Il attend que sa tête lui offre des idées farfelues.

Voilà comment se terminent les journées à Pomodoro. Une autre fois, si tu veux, je pourrai te raconter comment les journées débutent avec les froulifoufous de Sorprésa, la fée crapaud…

Dans la collection roman rouge

La fée crapaud

Il existe quelque part un petit royaume comme tu n'en as jamais vu, le royaume de Pomodoro. C'est là que vit Sorprésa. Tous les matins, son rire éclate et rend les Pomodorois heureux. Mais, un jour… Horreur ! Sorprésa se transforme en vilaine fée crapaud. Et si le bonheur disparaissait à tout jamais à Pomodoro ? La solution se trouve peut-être dans la mystérieuse forêt des arbres géants…

La reine sucrée

Il existe quelque part un petit royaume comme tu n'en as jamais vu, le royaume de Pomodoro. C'est là que vit Dame Pizzelle, la reine sucrée. Elle a un air à croquer et des sourires à n'en plus finir. Mais ce matin-là… Incroyable ! Dame Pizzelle a perdu sa bonne humeur. Pourquoi est-elle affolée ? La forêt des arbres géants est-elle vraiment en danger ? Une belle histoire au cœur d'un pays enchanté.

Le tout-petit trésor

Il existe quelque part un petit royaume comme tu n'en as jamais vu, le royaume de Pomodoro. C'est là que vit Timoté, le tout-petit trésor. Il a des jambes fragiles comme de la pâte feuilletée. Un jour, l'humeur de Timoté s'assombrit. Il veut grandir ! Les Pomodorois pourront-ils l'aider à réaliser son rêve ?

Le magicien des petits pains

Il existe quelque part un petit royaume comme tu n'en as jamais vu, le royaume de Pomodoro. C'est là que vit maître Pafouto, le boulanger qui prépare les délicieux piccolini. Mais un matin, un spectacle désolant attend les Pomodorois. Pourquoi les pains sont-ils tout aplatis et leur croûte noircie ? Maître Pafouto pourra-t-il faire revenir la magie dans sa boulangerie ?